MARCELO DUARTE

INDEPENDÊNCIA OU ZERO!

Como uma máquina do tempo, uma nota 0 na prova de história e uma caixa de paçoquinhas ajudaram dom Pedro I a proclamar a Independência do Brasil

ILUSTRAÇÃO: CACO BRESSANE

Texto © Marcelo Duarte
Ilustração © Caco Bressane

Diretor editorial
Marcelo Duarte

Diretora comercial
Patth Pachas

Diretora de projetos especiais
Tatiana Fulas

Coordenadora editorial
Vanessa Sayuri Sawada

Assistente editorial
Olívia Tavares

Capa
Caco Bressane

Diagramação
Alex Yamaki (Estúdio Designados)

Rap p. 74
Antonio Zakzuk Duarte, então com 13 anos

Preparação
Vanessa Oliveira

Revisão
Ana Maria Barbosa

Fotos
p. 103 © Simplício Rodrigues de Sá/Domínio público
p. 104 © Joseph Kreutzinger_Schönbrunn Palace
p. 107 © Georgina de Albuquerque/Museu Histórico Nacional
p. 109 © Pedro Américo/Domínio público

Impressão
Corprint

Obra premiada no EDITAL DE SELEÇÃO PÚBLICA Nº 02, SEC/SECULT/MC,
DE 7 DE OUTUBRO DE 2019, Prêmio de Incentivo à Publicação Literária,
200 Anos de Independência – 2ª Edição, realizado pela SEC/SECULT/MC.

CIP – BRASIL. CATALOGAÇÃO NA PUBLICAÇÃO
SINDICATO NACIONAL DOS EDITORES DE LIVROS, RJ

D873i
Duarte, Marcelo
Independência ou zero! / Marcelo Duarte. – 1. ed. – São Paulo: Panda Books,
2021. 112 p. il.

ISBN: 978-65-5697-119-3

1. Ficção. 2. Literatura infantojuvenil brasileira. I. Bressane, Caco. II. Título.
Bibliotecária: Meri Gleice Rodrigues de Souza – CRB-7/6439

21-71586

CDD: 808.899282
CDU: 82-93(81)

2021
Todos os direitos reservados à Panda Books.
Um selo da Editora Original Ltda.
Rua Henrique Schaumann, 286, cj. 41
05413-010 – São Paulo – SP
Tel./Fax: (11) 3088-8444
edoriginal@pandabooks.com.br
www.pandabooks.com.br
Visite nosso Facebook, Instagram e Twitter.

Nenhuma parte desta publicação poderá ser reproduzida por qualquer meio ou forma
sem a prévia autorização da Editora Original Ltda. A violação dos direitos autorais é
crime estabelecido na Lei nº 9.610/98 e punido pelo artigo 184 do Código Penal.

"O tempo não volta.
O que volta é a vontade de voltar no tempo."

SUMÁRIO

Z-e-r-o em vermelho 7

Poeira das estrelas 9

Trambolho do tempo 15

E o vento levou... 19

Um encontro na moita 31

Encontro secreto 39

Esquadrão Curioso em ação 45

As cartas 51

O efeito reverso 57

Diga ao povo que ficarei 63

O Grito do Ipiranga 67

Independência ou morte 71

Expectativa X realidade 79

Contagem regressiva 83

A guarda dos dragões 85

Alucinação coletiva? 91

A nota de Igor 93

Por dentro da história 103

Referências bibliográficas 111

Z-E-R-O EM VERMELHO

— Nota 0? Como assim, nota 0?! É impossível que eu não tenha acertado nada na prova de história — resmungou Igor, furioso, ao deixar a sala.

— Será que não era nota 10 e o professor se esqueceu de colocar o 1 na frente do 0? — ironizou Vini.

— Pensei nessa hipótese, muito mais lógica, e fui falar com ele.

— O que o professor disse? — continuou Vini.

— Disse que era zero mesmo e, para não ficar pairando nenhuma dúvida, ele escreveu: Z-E-R-O com caneta vermelha. Estou totalmente revoltado.

— Você não acertou nem aquela sobre o grito da Independência? — estranhou Vini. — Era a mais fácil de todas.

— Eu estava um pouco desconcentrado, preciso ser sincero... — falou Igor. — Só consigo pensar nas letras do musical que estou escrevendo.

— Musical, cara? Não estou sabendo disso. Que musical é esse?

— É sobre a nossa vida de adolescente — respondeu Igor.

— Tá mais para um drama do que para um musical... — riu Vini.

— Só que agora a coisa é séria — Igor não estava achando graça da situação. — Meus pais tinham me dado um ultimato antes do provão. Se eu tirasse mais um 0, eles iriam me trocar de escola.

— Foi um prazer enorme conhecê-lo — despediu-se Vini.

Ele se arrependeu da piada e logo tentou corrigir:

— Brincadeira... Não quero que você saia da escola de jeito nenhum. Mas você tem ido muito mal mesmo. Suas últimas notas foram um show de horrores.

— Eu sei, eu sei, Vini. Só que o musical está ficando sensacional, entende?

— Claro que entendo, Igor. Mas o que podemos fazer agora? Você errou absolutamente tudo. Para conseguir algum ponto, uma nota 1 que seja, você teria que mudar a história do Brasil. Voltar duzentos anos e mudar a história de nossa Independência.

— É justamente o que eu tenho em mente — Igor esfregou as mãos. — Parece até que você leu os meus pensamentos. Tenho um plano!

Vini ficou intrigado.

POEIRA DAS ESTRELAS

O Colégio Pedro Álvares Cabral estava todo enfeitado para a Feira de Ciências que seria realizada no dia seguinte. Professores e funcionários passavam de sala em sala para ver a disposição dos trabalhos produzidos pelos alunos.

— Está tudo pronto, Isa? — perguntou a professora Denise.

— Quase...

— Ficou lindo! — Denise se encantou. — Será o trabalho mais concorrido de amanhã, pode apostar. Onde está a Débora? Quero cumprimentá-la também.

— Ela foi buscar as camisetas que vamos usar amanhã — respondeu Isa. — Mandamos estampá-las especialmente para a feira. Só que eu não vou contar o que é para não estragar a surpresa.

Isa e Débora montaram um protótipo de máquina do tempo inspiradas num filme que haviam visto na TV. As duas formam, na avaliação dos professores, uma dupla perfeita. Isa é uma pesquisadora minuciosa. Está sempre atenta aos detalhes e não se satisfaz com pouca informação em seus trabalhos escolares. Débora é a melhor aluna da classe. Por isso, os alunos da 171 a apelidaram de Débora Nota 10. Quer saber? Ela se orgulha disso. Ama matemática (tem uma coleção de medalhas!), computação e exercícios de lógica. Sonha em ser engenheira.

— Oi, Isa! — cumprimentou Antonio, invadindo a sala. — Você já pegou a nota de história? O professor está na sala em frente entregando as provas.

— Ainda não deu tempo — Isa sabia que tinha ido bem na prova e não estava preocupada com a nota. — Pego depois.

— Eu tirei 9 — anunciou o garoto, com a prova na mão. — Errei a pergunta sobre o quadro *Independência ou morte*.

— Acontece...

— E essa geringonça, hein? — riu Antonio.

— Geringonça é aquela máquina de bater pênaltis que vocês inventaram! A bola vai sempre para o mesmo lugar... — provocou Isa. — Levamos o maior tempo para fazer a nossa. Demoramos uma semana para juntar todo esse material reciclado e mais três dias para montar tudo.

— Ficou massa e chama muito a atenção pelo tamanho — elogiou ele, ainda cheio de dúvidas. — O que é esse ventilador enorme aí?

INDEPENDÊNCIA OU ZERO!

— Funciona como o motor da máquina — explicou Isa. — A Débora pediu para eu tomar o maior cuidado com ele. Ela conseguiu deixá-lo cem vezes mais potente que um ventilador normal. E ele fica conectado com aquele pote ali embaixo, cheio de poeira, está vendo?

— Sim, estou! — Antonio mexeu a cabeça em sinal afirmativo. — Pra que serve a poeira, Isa?

— Você sabia que fomos formados pela poeira das estrelas?

— Poeira das estrelas? Não, não sabia, Isa. Eu também? Estou sabendo disso agora.

— A matéria que formou o Sistema Solar, incluindo a Terra, é a mesma que nos formou — Isa explicou detalhadamente. — Quando misturarmos essa poeira com a do nosso corpo, tudo vai virar matéria de novo, e a força do vento forte irá fazer qualquer um viajar no tempo.

— Vamos viajar no tempo como poeira? — Antonio ficou desconfiado. — Isso só funciona na ficção. Em livros e no cinema.

— Não é bem assim... — respondeu Isa. — A Débora está estudando isso há um tempão e nós fizemos um milhão de contas para calcular a velocidade exata do vento capaz de empurrar a matéria para o passado ou para o futuro.

11

— Eita! Vocês já testaram isso? — Antonio estava mais cético do que nunca.

— Ainda não. Estamos na fase de estudos. Essa máquina ainda é um protótipo.

— Se eu engolir tanta poeira, Isa, a máquina só vai conseguir me levar para o pronto-socorro...

— Mas ela poderá levá-lo para o pronto-socorro da época que você quiser — respondeu ela.

— Como assim? — Antonio pediu mais detalhes.

— Você precisa digitar uma data nessa tela aqui do tablet. Por exemplo: eu iria para o dia 7 de setembro de 1822, para ver de perto como foi a nossa Independência.

Ela digitou o dia, o mês e o ano para demonstrar.

— Precisa colocar também o local e o horário em que você gostaria de chegar lá. Tem esses dois campos aqui embaixo — Isa continuou a explicação e escreveu "Margens do riacho do Ipiranga, São Paulo".

— A Independência foi proclamada perto das quatro e meia da tarde — lembrou Antonio. — Por isso eu colocaria quatro da tarde. Aí chego primeiro e pego um lugar bem na frente.

Isa preencheu todos os campos e apertou o botão "Enviar":

— Pronto! Está tudo certo para a viagem.

— Quando a gerin... digo, a máquina do tempo

estiver pronta de verdade, eu gostaria de voltar para 26 de outubro de 1985.

— Vinte e seis de outubro de 1985? — estranhou Isa. — O que aconteceu nesse dia? Não me lembro de nenhum fato histórico importante...

— Foi o dia em que o Dínamo conquistou o bicampeonato brasileiro. Dois a zero no Atlântico, dois gols do Zuba.

— Hahaha, essa é boa! Você só pensa em futebol, hein, Antonio.

TRAMBOLHO DO TEMPO

— Você já repetiu um ano, eu sei, Igor... Mas como você pretende repetir duzentos anos? É isso que não estou entendendo...

— Sabe a Isa e a Débora, Vini?

— Claro que sei. As duas gênias da classe. O que tem?

— Elas construíram uma máquina do tempo para a Feira de Ciências de amanhã – explicou Igor.

— Você chama aquele carro alegórico feito de lixo de "máquina do tempo"? – provocou Vini.

— Bem, as duas são as melhores alunas da classe. Elas sempre fazem os trabalhos mais bonitos, tiram as melhores notas, fecham o ano antes que todo mundo, essas coisas.

— Mas, para aquela geringonça funcionar, ela teria que ser mais que Débora Nota 10 – e Vini calculou: – Teria que ser Débora Nota 1 Milhão.

— Não seja trouxa, Vini. É lógico que eu sei que a máquina não vai funcionar. Não sou bobo. Só que nós vamos fazer o professor de história pensar que ela funciona e que nós viajamos no tempo.

– Como assim, Igor, esse é o seu... plano infalível? – Vini não estava entendendo aonde Igor queria chegar.

– Vamos combinar com a Isa ou com a Débora a simulação de uma viagem no tempo. Nós podemos alugar umas roupas de época para deixar a história mais factível. Vamos fazer de conta que a máquina funcionou. Amanhã, durante a Feira de Ciências, na frente de várias testemunhas, vamos fingir que estamos voltando de 1822 e reconstituiremos a história da Independência do Brasil de outro jeito. Aí o professor ficará acuado e eu deixarei de ser o Igor Nota 0, sacou?

– Saquei, saquei sim. Ele vai trocar seu 0 por "menos um" por tentar enganá-lo...

– Puxa vida, você está sempre jogando contra... – Igor entristeceu-se com o comentário. – Não sei por que ainda sou seu amigo...

– Vai ver que é porque eu deixo você copiar toda a minha lição – respondeu Vini.

– Tem razão. É por isso mesmo...

* * *

INDEPENDÊNCIA OU ZERO!

— É você, filho? — gritou o pai da cozinha.

— Oi, pai! Boa noite, mãe! — respondeu Igor, colocando a mochila no sofá.

— Como foi seu dia na escola? — perguntou a mãe.

— Tudo bem!

— Quando é que sai o boletim? — continuou perguntando a mãe.

— Ainda não sei — desconversou. — Não estou com fome... Não quero jantar. Depois eu tomo um copo de leite com biscoito.

— O que está acontecendo com você, Igor? — preocupou-se o pai. — Você precisa se alimentar melhor. Come muita bobagem na escola e chega aqui sem fome.

— Não comi nada, pai! — respondeu. — Só estou sem fome mesmo.

Igor fechou a porta de seu quarto, abriu a última gaveta do guarda-roupa e tirou de lá uma caixa cheia de paçoquinhas que estava meticulosamente guardada debaixo de três pijamas. Quando ficava nervoso, ele tinha compulsão por paçoquinhas. Comeu oito de uma só vez e escondeu as embalagens dentro do estojo. Colocou mais cinco na mochila da escola, guardou a caixa e foi dormir. Seu futuro estaria em jogo no dia seguinte.

E O VENTO LEVOU...

Isa foi uma das primeiras a chegar à escola no sábado. Como a Feira de Ciências tinha caído na Semana da Independência, a direção resolveu fazer uma brincadeira. O professor de desenho, Douglas, criou uma logomarca com um cientista que tinha a cara de dom Pedro I. Havia também um grande pôster com o quadro *Independência ou morte* colado numa das paredes do pátio. A caminho da classe, Isa cruzou com o professor Júlio e pediu desculpas por não ter ido buscar a prova corrigida.

— Dá orgulho de ter uma aluna como você! — Júlio disse que a nota dela tinha sido 10. — Parabéns, você acertou todas!

— Obrigada, professor! — agradeceu ela. — Gosto muito das histórias do Império brasileiro. Morro de vontade de conhecer a cidade de Petrópolis. Meus pais prometeram me levar lá nas férias de janeiro.

Isa aproveitou para convidar o professor a visitar a máquina que ela e Débora tinham inventado.

– Estou ajudando uma outra turma, mas darei um jeito de passar lá, sim – prometeu ele.

A garota agradeceu, se despediu do professor e acelerou os passos. Ao se aproximar da classe, ela percebeu que Igor já estava estacionado ali na porta. Ele vestia um apertadíssimo e esquisitíssimo casaco de veludo bordô cheirando a naftalina.

– Caiu da cama hoje? – surpreendeu-se Isa. – É a primeira vez que vejo você chegar tão cedo na escola. E que roupas são essas? Vai ter alguma apresentação de teatro hoje aqui que eu não estou sabendo?

– Estou muito ansioso para a feira – falou ele. – Aceita uma paçoquinha?

– Não, muito obrigada! – recusou Isa. – Acabei de tomar café da manhã e é muito cedo para comer doce.

– Quem tem um amigo chamado Pudim não deveria falar mal dos doces – provocou ele.

Antes de entrar numa zona de atrito, Isa achou por bem mudar o assunto:

– Que pena que seu trabalho não foi selecionado pelos professores – lamentou, com sinceridade. – Gostei da sua colher de sopa com ventilador acoplado. A ideia era ótima.

– É mesmo, ninguém mais queimaria a língua tomando sopa – vangloriou-se Igor. – Dei azar. Quan-

INDEPENDÊNCIA OU ZERO!

do liguei o ventiladorzinho, a sopa voou no vestido da professora. Ela ficou muito brava e me desclassificou da mostra.

— Que chato...

— Disse que o meu invento era um perigo! – bufou Igor. – Os grandes gênios são mesmo incompreendidos. Mas eu não quero ser reconhecido como inventor. Gosto mesmo é de música. Estou escrevendo um musical, sabia?

— Um musical? – surpreendeu-se Isa. – Que da hora! Musical sobre o quê?

— Sobre a vida dos adolescentes. Tem até uma personagem inspirada em você. O nome dela é Keka...

— Inspirada em mim? Que honra!

— Tínhamos que ter aulas de música no currículo – falou Igor. – Aí eu só teria notas 10.

— Você tem toda razão – concordou Isa. – Tenho aulas de piano com minha avó, que é professora, e sei da importância da música. Quero ir à estreia do seu musical. Você me arruma um ingresso?

— Claro, claro – respondeu Igor. – Uma mão lava a outra.

— O que você quer dizer com isso?

— Que também preciso da sua ajuda – disse ele.

— Como assim? – perguntou a garota.

— Sabe o provão? Aconteceu uma coisa... digamos... um pouco triste na prova de história...

Igor começou a contar o ocorrido: a nota 0, o ultimato dos pais e, finalmente, o plano infalível para sair dessa sinuca.

— A chance de isso dar certo é a mesma da nota que você tirou: zero — calculou Isa.

— Preciso tentar, Isa. É a minha última chance de continuar aqui na Pedro Álvares Cabral.

— Mas você quer que eu seja sua cúmplice nessa armação? — protestou ela.

— É que você é uma das alunas de maior credibilidade na escola... Você faz parte do Esquadrão Curioso que os professores respeitam...

— Por isso mesmo, quero continuar assim! — Isa fechou a cara.

Bem na hora em que o tom da conversa estava esquentando, Vini entrou na sala, pedindo desculpas a Igor pelo atraso. Disse que tinha esquecido de ligar o despertador. Depois riu alto das roupas que Igor vestia. Não demorou a perceber que o clima entre Igor e Isa não estava pacífico.

— Tudo bem por aqui entre vocês dois? — perguntou.

— Claro que não, Vini — disse Isa. — Seu amigo está querendo que eu engane o professor de história... Terei o maior prazer em estudar essa matéria

com você, Igor, mas sem enganar o professor, tá?

Igor ficou irritado com o comentário de Isa. Resolveu ir embora no mesmo instante. Passou tão apressado por Vini que calculou mal a distância entre ele e as carteiras. Tropeçou em uma delas e bateu no ventilador. Sem querer, ele acionou o botão em velocidade máxima, e as hélices começaram a girar com força, levantando muito pó. A poeira tomou conta da sala e entrou direto nos olhos dos três.

— Desliga essa porcaria aí! — berrou Vini. — Não estou enxergando nada...

— Como vou desligar se não estou vendo nada também?! — Igor berrou ainda mais alto. — Como vou achar o botão de desligar no meio dessa poeirada toda?

— Meus olhos estão coçando muito... — choramingou Isa. — Desliga, por favor, desliga. Puxa o fio da tomada!

De repente, o vento parou e a poeira baixou. Isa continuou coçando os olhos. Quando os abriu, percebeu que não estavam mais na escola. Estavam perto de uma colina. Só dava para ver uma única cabana, de taipa, a certa distância, e mais nada. A área era totalmente descampada.

— Onde estamos? — quis saber Vini.

— Eu é que pergunto: onde estamos? — repetiu Igor.

— O vento foi forte mesmo e nos empurrou para fora da escola – imaginou Isa. – Devemos estar num bairro das redondezas, com certeza.

— Tenho um aplicativo aqui no meu celular – Vini tirou o telefone do bolso. – É só pedir um carro para voltar para a escola. Opa, todos os aplicativos desapareceram... O telefone está sem serviço. Devemos estar bem longe da escola.

— Putz, vamos ter que voltar a pé? – reclamou Igor.

— Mas nem sabemos a direção da escola – disse Vini, esticando o pescoço para ver se enxergava melhor. – Temos que encontrar o dono desse terrenão baldio e perguntar para ele.

Começaram a caminhada. Depois de dez minutos, quando finalmente chegaram ao que descobriram ser uma mercearia, os três viram uma dúzia de soldados desmontando de exaustos burros. Foi aí que o coração de Isabela disparou. Não dava mais para fingir que nada estava acontecendo.

— Gente, vocês estão pensando a mesma coisa que eu? – murmurou Isa.

— Se pensasse igual a você, eu também só tiraria notas dez – ironizou Igor.

— E se... e se... a minha máquina do tempo tiver funcionado? – Isa se emocionou e deixou cair uma lágrima de alegria.

— Não estou acreditando... — disse Vini, igualmente emocionado. — Nós... nós voltamos mesmo para 1822?

— Só pode ser isso. Esta é a comitiva de dom Pedro I, que está vindo de uma viagem a Santos — apontou Isa. — Parou para dar de beber aos burros. Eles ficaram dois dias lá e agora chegaram aqui em São Paulo.

— Estamos em 7 de setembro de 1822! — exclamou Igor. — Por isso é que está tudo tão vazio... Hoje é feriado nacional.

— Claro que não, Igor! — Isa torceu o nariz. — A Independência ainda não foi proclamada. Como já pode ser feriado?

— Verdade. Não tinha pensado nisso.

* * *

— Que poeira é essa? — perguntou a diretora da escola, Gabriela, tossindo ao entrar na classe.

Atrás dela vieram a professora Denise e o professor Júlio, que viram a nuvem de pó tomar conta do corredor. Parecia uma daquelas nuvens que eles viam em imagens de implosão de grandes estruturas.

— Por favor, chamem o Mendonça! — pediu a diretora. – Alguém precisa desligar essa geringonça.

O responsável pela manutenção da escola chegou perto da porta e viu que seria impossível entrar naquilo que parecia ser uma tempestade no deserto. Foi até a caixa de força e desligou o disjuntor da sala. Sem energia, o ventilador parou de rodar. Só assim a poeira baixou e ele conseguiu entrar.

– Nunca vi um ventilador tão forte assim! – surpreendeu-se Mendonça. – Se fizer esse calor que vocês estão esperando, vamos todos derreter do lado de fora.

– A ideia não era ligar o ventilador, não sei quem fez isso – explicou a professora Denise. – Quando a Isa e a Débora chegarem, vou perguntar o que pode ter acontecido...

– Mas ela já chegou – disse o professor Júlio. – Aliás, eu vi a Isa, o Igor e o Vini entrando aqui minutos atrás.

– Será que ela ligou o ventilador sem querer? – Mendonça chegou perto da máquina e tirou o fio da tomada.

– Eles devem ter saído quando esse ventilador maluco começou a funcionar – deduziu a diretora.

– Impossível – Júlio balançou a cabeça. – Eu estava na sala em frente, olhando para a porta. Se eles tivessem saído, eu os teria visto. Ninguém saiu daqui.

– Você deve ter se distraído... – Denise riu. – É claro que eles saíram.

– Só se foi pelas janelas – insistiu Júlio.

– As janelas estão fechadas – mostrou Mendonça. – Por isso é que a poeira saiu pela porta.

– A poeira, sim – Júlio estava irredutível. – Mas, pela porta, eu tenho certeza de que os meninos não saíram.

– Ora, Júlio... Só há dois jeitos de sair da sala: pela porta ou pelas janelas – irritou-se a diretora. – O Mendonça garante que não foi pelas janelas. Só restou a porta. A poeira deve ter confundido você.

– A não ser que você acredite que os três garotos se transformaram em pó... Ou viajaram no tempo! – completou Denise.

– É claro que não estou insinuando nenhuma dessas duas hipóteses – aborreceu-se Júlio. – Só disse que eles não saíram pela porta.

– Mendonça, dê uma olhada se os meninos não estão no banheiro – pediu a diretora. – Eles devem ter enchido os olhos de areia e foram lavar o rosto.

– Claro, dona Gabriela – concordou ele. – Vou resolver isso agora mesmo. Um minutinho só, por gentileza.

INDEPENDÊNCIA OU ZERO!

* * *

— Os soldados estão aqui, mas falta o personagem principal dessa história — disse Vini.

— Tem razão... — concordou Isa, nervosa com os olhares desconfiados que os guardas estavam dando para os três.

— *Dom Pedro, cadê você? / Eu vim aqui só pra te ver* — cantarolou Igor com sua voz muito afinada.

— Igor, agora não — ralhou Isa. — Precisamos ser os mais discretos possíveis.

— Com essa roupa, o Igor não vai passar despercebido no próximo Carnaval... — disse Vini.

UM ENCONTRO NA MOITA

De repente, Igor sentiu um tremelique na barriga. As paçoquinhas começaram a dar sinal de vida, dançando dentro dele e lhe causando um súbito enjoo. Um gosto azedo de amendoim subia e descia em sua garganta. Olhou para os lados e não enxergou nenhum banheiro até onde a vista alcançava. O que viu foi um conjunto de arbustos na beira da estrada e saiu em disparada. As paçoquinhas pareciam estar com pressa. Antes, avisou:

— Virem o rosto para o lado de lá. Isso é muito constrangedor para mim...

Abaixou as calças como se tivesse cronometrado o tempo que tinha. Aliviado, ele ouviu alguns gemidos vindos do arbusto ao lado. Deu de cara com ninguém mais ninguém menos que o príncipe Pedro na mesma situação, apoiado nos joelhos:

— Estás bem aí, menino? — perguntou.

— Ufa, agora sim! — Igor fez cara de felicidade. — Comi muita paçoquinha ontem... Sempre como paçoquinhas quando estou nervoso. Elas ajudam a me acalmar.

— Dor de barriga é um inferno mesmo... — disse Pedro.

— A sua dor de barriga também foi excesso de paçoquinha?

Apesar da situação, do fedor e das moscas, Pedro soltou uma gostosa gargalhada.

— Não, não foi paçoquinha. Comemos costeleta de porco ontem à noite na casa de parentes do ministro José Bonifácio. Hoje, acordamos com esse mal-estar estomacal. Subir a serra, pelo Caminho do Mar, nesses burros só fez piorar a situação. Estou a suar em bicas. Saímos muito cedo de Santos esta manhã e tomei um chá de goiabeira, que me ajudou um bocado.

— Quer dizer que a disenteria foi geral? — Igor deixou de lado qualquer formalidade.

— Ora pois, menino! Não fui só eu, não. Outros sete ou oito oficiais da minha comitiva também estão assim. Se olhares em volta, verás que todos os arbustos estão ocupados...

Igor girou o pescoço e, de fato, viu várias cabeças camufladas na vegetação.

— Ali está o coronel Marcondes, subcomandante da guarda. Mais à direita, o padre Belchior. No matinho à frente, vejo daqui os criados João Carlota e João Carvalho. Naquele arbusto maior está o secretário Luís Saldanha. Nem o Chalaça escapou... – Pedro foi apontando um por um.

– Quem é o Cachaça? – perguntou Igor.

– Não é Cachaça – Pedro falou, rindo com um sorriso um tanto forçado. – É Chalaça, meu fiel escudeiro, meu secretário particular, um faz-tudo, se é que me entendes.

– Que nome mais estranho! – disse Igor.

– O nome dele é Francisco Gomes da Silva. Chalaça é um apelido. Quer dizer alguém zombeteiro...

– Sei... Também sou muito zoeiro.

– Podemos chamá-lo de Chalacinha, que tal?

– Prefiro Igor mesmo... – apresentou-se o garoto. – Muito prazer!

– Prazer, sou Pedro de Alcântara!

– O senhor tem um sotaque igual ao do Cristiano Ronaldo.

– Quem? – Pedro se inclinou para a frente como se isso lhe ajudasse a ouvir melhor.

– Cristiano Ronaldo! O CR7. É o melhor jogador de futebol do mundo... – Igor respondeu depressa, num fôlego só.

– Futebol? O que é isso? – O príncipe continuava sem entender nada.

– É o esporte mais popular do mundo, mas não deve ser do seu tempo.

— Acho que a diarreia mexeu com vossa cabeça, menino. Mas o que importa é que simpatizei contigo. Pelos seus belos trajes, vejo que és de alguma família da nobreza. O que estás a fazer aqui?

— Estou tentando salvar uma criança de ser punida por seus pais — respondeu. — No caso, eu mesmo!

* * *

— O banheiro está vazio. Nem sinal deles! — avisou Mendonça.

— Deve ser alguma brincadeira que eles inventaram, não é, Denise? — a diretora começou com aquela irritação típica de quem está preocupada.

Estavam todos reunidos no pátio da escola onde os vestígios da poeira eram menores. Os alunos e os pais começavam a chegar para a feira. A diretora achou por bem fechar a porta da sala da turma 171 enquanto a sujeira não tivesse sido removida.

— A Isabela não costuma fazer isso — disse Denise. — É mais possível que o Igor tenha aprontado alguma.

— Mas que tipo de brincadeira eles poderiam ter feito? — ponderou o professor Júlio. — O fato é que vi os três entrando. Igor foi o primeiro a chegar. Ele fez que não me viu, por causa do zero que lhe dei. Notei que estava esperando alguém.

Júlio fez uma pausa, passou as mãos pelo cabelo volumoso e continuou narrando a história do seu ponto de vista:

— Quando a Isabela chegou, os dois entraram na sala. Minutos depois, apareceu o Vini. Logo, eu vi uma nuvem de pó saindo lá de dentro. Corri até a porta para ver o que tinha acontecido. Posso assegurar que os três entraram e ninguém saiu.

Uma professora de voz estridente apareceu esbaforida.

— Vasculhamos a escola inteira e nem sinal deles — avisou ela. — Fui até a portaria também, e o Marinho disse que viu os três entrarem esta manhã, mas nenhum deles saiu.

— Mas que mistério é esse? — bufou a diretora.

— Só nos restam aquelas duas hipóteses que levantei agora há pouco — lembrou Júlio. — Ou eles viraram pó ou viajaram no tempo...

— Geeeeente! — gritou Denise, assustando a todos.

— O que aconteceu? — a diretora sentiu o coração acelerar.

Denise apontou o pôster da cena da proclamação da Independência, ali atrás de todos. Parecia calma, mas estava tensa.

— Olhem aqui no cantinho do pôster — apontou Denise. — Isa, Igor e Vini estão no quadro... Eles viajaram mesmo no tempo!

Estavam todos incrédulos. Os três apareciam na cena, às margens do riacho do Ipiranga.

— Deve ser uma montagem, uma brincadeira — desconfiou a diretora. — Alguém fez isso no Photoshop.

— Não, dona Gabriela — retrucou Júlio. — Fui eu quem trouxe esse pôster de casa. Posso garantir que eles não estavam aí ontem, tenho certeza. Estremeço só de pensar... mas... a máquina do tempo de Isa e Débora funcionou... Isso é inacreditável! Eles voltaram para o passado. Meu Deus, os três foram parar em 1822!

A diretora ficou zonza com a informação, viu tudo escurecer de repente, cambaleou e caiu desmaiada.

ENCONTRO SECRETO

Pedro ergueu as calças, ajeitou os suspensórios e começou a caminhar em direção a sua comitiva. Igor vinha a seu lado e parou em frente aos dois amigos.

— Ei, imperador...

— Que história é essa de imperador, menino Igor, sou príncipe regente... — consertou Pedro.

— É tudo uma questão de tempo — cochichou Isa, vendo os dois se aproximarem.

— Ei, príncipe regente, gostaria de lhe apresentar meus dois amigos: Vini e Isa.

— Muito prazer, vossa alteza! — Isa fez uma reverência, inclinando levemente a cabeça.

Vini levantou a palma da mão aberta e tascou um "toca aqui". Pedro não esboçou nenhuma reação, e o menino ficou com a mão parada no ar.

— Não sei como vieram parar aqui — disse Pedro.

— É uma longa história... — falou Isa. — Mas o que importa mesmo é o que vocês vieram fazer aqui!

— Vocês estão voltando de Santos, né? – Vini estava ansioso para entrar na conversa. – Essa foi uma das questões da prova.

— Prova? – Pedro rodou o dedo indicador perto da cabeça. – Vejo que não é só um. Vós todos sois muito estranhos.

Nesse instante, Chalaça, o homem de confiança do príncipe, se juntou ao grupo. Estava com um ar cansado, tantas foram as vezes que precisou parar ao longo da viagem iniciada naquela manhã.

— Quem são essas crianças, alteza? – perguntou. – Estão a importuná-lo?

— Acabei de os encontrar aqui, Chalaça – respondeu Pedro. – São muito engraçados. Falam coisas completamente sem nexo. Diria que estou a me divertir com eles.

— Conselheiro Gomes da Silva, muito prazer – dirigiu-se protocolarmente aos garotos e logo voltou o olhar para o príncipe. – Entendo que eles o divertem, alteza, mas preciso lembrá-lo que o momento exige seriedade. Os mensageiros devem chegar daqui a pouco. Vamos esperá-los aqui.

— O senhor foi se encontrar secretamente com sua amante, a marquesa de Santos, né? – Vini resolveu mostrar seus conhecimentos históricos. Só esqueceu de medir as possíveis consequências.

INDEPENDÊNCIA OU ZERO!

Pedro, que estava com um sorriso nos lábios, engasgou-se com a pergunta. Chalaça ficou paralisado por alguns segundos. Isa arregalou tanto os olhos que quase quebrou seus óculos.

— Você ficou louco, Vini? — brigou ela. — Que indiscrição é essa?!

— Que amante? — berrou Chalaça. — O que estás a dizer, rapazote? Não há nenhuma marquesa de Santos... Fomos apenas vistoriar as fortificações da cidade e visitar parentes do senhor ministro Bonifácio. Apenas isso.

— Será que o nosso professor de história se enganou? — disse Igor, com um sorriso levemente cruel. — Seria um bom motivo para eu pedir a anulação da prova.

— Não perceberam ainda que esse encontro amoroso foi secreto? — reagiu Isa. — Não é para ninguém saber, fiquem quietos.

— É isso mesmo, a menina está com a razão! — Pedro interveio na discussão. — Vós sois uns linguarudos. Nem sei como soubestes dessa história.

O príncipe ficou mais vermelho que as águas do riacho do Ipiranga. As veias pareceram saltar na sua testa. Fez uma parada e, emburrado, falou depois de um tempo:

— Tereis que guardar segredo, entendeis? Sim, fui me encontrar com Domitila em Santos.

– Droga! – Igor fechou a cara. – Assim não vou conseguir pedir a anulação da prova.

– Estou completamente apaixonado por ela – confidenciou Pedro, como se estivesse sofrendo por guardar esse segredo do coração. – Nós nos conhecemos há pouco mais de uma semana. Que mulher atraente! Pele clara, olhos verdes, simpática e espirituosa. Ela estava se separando de seu marido e veio me pedir auxílio.

– Justo para quem! – Chalaça deu um sorrisinho malicioso.

Pedro estava tão entretido com a própria história que não deu muita importância para a intervenção de Chalaça.

– Desde então, temos trocado cartas bem quentes! – completou Pedro.

– Não só cartas, não é, meu senhor? – ironizou o secretário. – Em Santos, eles ficaram juntos todas as noites e algumas vezes à tarde. Tanto que o príncipe ficava sonolento o resto do dia, trocando o nome de autoridades e até faltando a encontros.

– Chalaça, para que estás a encher os ouvidos dessas crianças com esses detalhes, posso saber? Chega desse assunto! Não foi tu que disseste que o momento exige seriedade?

Fez uma nova pausa e disse baixinho, perto do ouvido de seu secretário:

INDEPENDÊNCIA OU ZERO!

— Mas anotes aí que gostei da ideia que esse outro menino me deu. Vou dar a Titila o título de "marquesa de Santos". José Bonifácio é de Santos e vai ficar louco da vida quando souber dessa homenagem.

— Meu senhor é mesmo um *demonão*! — aprovou Chalaça, lembrando do apelido que o príncipe usava para assinar suas cartas para a amante.

— Também vou querer um título de nobreza: barão de Paçocalândia — brincou Igor.

— É, e enquanto isso a princesa Leopoldina está lá no Rio de Janeiro segurando o maior rojão — bufou Isabela. — Isso não se faz!

A garota cruzou os braços em sinal de reprovação.

ESQUADRÃO CURIOSO EM AÇÃO

Denise chamou Débora, Pudim e Leo na sala dos professores.

— O que aconteceu, professora? O Mendonça disse que era urgente urgentíssimo! — perguntou Débora.

— A Isa fez uma viagem.

— Ué? Ela não me disse nada — estranhou a garota. — Ela estava superansiosa com a Feira de Ciências. Encomendamos camisetas novas. Ontem mesmo fizemos uma reunião do Esquadrão Curioso e ela me disse que viria bem cedo para cá.

— Desculpe interromper, mas ela deve ter tido algum problema na família — imaginou Pudim.

— Uma vez, eu tive que viajar às pressas porque meu avô que mora no interior passou mal — completou Leo.

— Deixa eu explicar melhor — Denise interrompeu a conversa tão abruptamente que os três ficaram assustados. Então falou com uma leve hesitação:

— Tenho uma boa e uma má notícia.

— Qual é a boa? — perguntou Pudim.

— Descobrimos que a máquina do tempo de Isa e Débora funciona de verdade.

Débora pareceu levar um choque com a notícia recebida assim, de repente. Não conseguiu dizer nada. Estava paralisada.

— Sério? — Pudim arregalou os olhos e continuou perguntando. — Como assim?

— Mas, peraí... Qual é a notícia ruim? — lembrou Leo.

— Por algum motivo, que ainda não sabemos dizer qual é, Isa, Igor e Vini viajaram no tempo.

— Isa, Igor e Vini? — Débora parecia não entender nada.

— Descobrimos que eles foram parar no dia 7 de setembro de 1822 — respondeu Denise. — Eles foram ver de perto a Proclamação da Independência.

— Não pode ser verdade — Débora parecia ainda não acreditar.

— Isso tudo está com cara de *fake news*, não está, não? — disparou Pudim.

— Juro para vocês! — Denise estava com os olhos bem apavorados. — Pode parecer mentira, mas eu posso provar que não fiquei maluca.

— Se isso for verdade, a Isa conseguiu fazer o que nenhum outro cientista foi capaz até hoje — Débora estava conseguindo alinhar de novo os seus pensamentos. – Nós conseguimos! Viajar no tempo não é coisa só de ficção científica.

– Exatamente! – concordou Denise. – Vocês conseguiram uma proeza que entrará para a história. Mas agora eles estão em 1822 e precisamos trazê-los de volta. Por isso, resolvi pedir a ajuda do Esquadrão Curioso. Vocês devem ter os estudos dela, devem ter conversado com ela sobre isso.

Isabela, Pudim e Leo haviam criado o Esquadrão Curioso alguns meses antes e tinham virado celebridades no Colégio Pedro Álvares Cabral. Adoravam pesquisar, fuçar e usar o que descobriam para resolver os mais intrincados problemas e mistérios. Débora entrou para o grupo logo depois. A melhor aluna da classe reclamava de só ser lembrada pelos amigos na hora de passar cola ou fazer trabalhos em grupo. Ela também queria um pouco de aventura. E encontrou aventura até demais!

– Tudo isso parece um sonho – repetia Débora.

– Um sonho com muito creme ia bem agora, não? – salivou Pudim.

– Vamos cair na real, membros do Esquadrão! – Leo trouxe os dois de volta para a terra firme. – Temos que ir para o nosso quartel-general imediatamente.

* * *

Dom Pedro era um homem de altura mediana (Isa calculou que ele deveria medir um pouco mais ou um pouco menos que 1,70 metro), cabelos encaracolados castanho-escuros, olhos escuros, bigode e costeletas bem cheias. Os dentes eram ligeiramente tortos, e o nariz, curvado. Isa reparou que o rosto tinha vários buraquinhos. Pareciam espinhas, mas eram marcas da varíola que ele teve quando criança.

— Ele é bem jovem mesmo! — observou Isa. — Vai fazer 24 anos no mês que vem, no dia 12 de outubro.

— Ele nasceu no Dia das Crianças? — perguntou Igor.

— Sim e não — Isa respondeu. — É que essa data ainda não existia naquela época.

— Coitada das crianças de 1822... — disse Vini. — Foi um mau negócio termos feito essa viagem. Vamos ficar um bom tempo sem ganhar presentes no Dia das Crianças.

* * *

INDEPENDÊNCIA OU ZERO!

— Como vamos tirar a Isa de lá? — Pudim coçou a cabeça em dúvida, entrando na garagem de sua casa. Débora e Leo vieram logo atrás.

— Começarei fazendo uma grande pesquisa — anunciou Leo. — Vou consultar uns tutoriais para ver se algum cientista já explicou como voltar do passado...

— Você e sua mania de procurar tudo em tutoriais... — resmungou Pudim. — Você consulta tutorial até para abrir lata de leite condensado...

— É para fazer pudim, você sabe, né? — retrucou Leo.

— Calma, gente! — Débora respirou fundo. — Sei que estamos todos com os nervos à flor da pele, mas precisamos nos controlar. Não é hora de desperdiçarmos energia. A Isa vai voltar de lá.

— Como? — questionou Leo.

— Como? — repetiu Débora. — Bom, só falta eu descobrir como.

— Como você tem tanta certeza disso? — quis saber Pudim.

— Muito simples, é uma questão de lógica — continuou Débora. — Se não tivessem voltado, eles teriam morrido no século XIX. Então nós não os teríamos conhecido. Não estaríamos preocupados com eles agora. Entenderam?

49

— Você é nota 10 mesmo, Débora! — vibrou Leo. — É isso! Claro que eles voltarão.

— Mas... como? — o mesmo ponto de interrogação voltou a aparecer na cabeça de Pudim.

— Para construir a nossa máquina, eu e a Isa assistimos a todos os filmes e seriados que falam sobre viagem no tempo. *De volta para o futuro*, *Dr. Who*, *Túnel do tempo* e tudo o que vocês puderem imaginar — explicou Débora. — Lemos H. G. Wells, Stephen Hawking, Isaac Asimov...

E completou com toda a sua determinação:

— Vou tirar a Isa de lá. Dou a minha palavra.

AS CARTAS

A conversa de Pedro com os jovens foi interrompida pela chegada de dois mensageiros. O príncipe tinha sido alertado pelo alferes Francisco de Castro Canto e Melo, irmão caçula de Domitila e membro de sua comitiva, que notícias urgentes estavam chegando do Rio de Janeiro.

— Devo falar com esses mensageiros... — avisou Pedro.

— É como se os personagens de nossos livros estivessem saltando do papel e se materializando à nossa frente — vibrou Isabela. — Bem melhor que realidade virtual. O do cavalo da direita é Paulo Bregaro, e o outro, Antonio Ramos Cordeiro.

— Prepare-se, Igor — Vini deu uma leve cotovelada no braço do amigo. — Esta era a questão dois. O nome de quem trouxe as cartas. O que você colocou na resposta?

— Sedex.

— Cara, de onde você tirou isso? — espantou-se Vini.

INDEPENDÊNCIA OU ZERO!

– Você sabe que não sou bom em guardar nomes – defendeu-se Igor. – E como eu sabia que eram cartas meio urgentes...

Os mensageiros desceram do cavalo e entregaram dois envelopes para Pedro. Um era da princesa Leopoldina e o outro, de José Bonifácio. Pedro pediu licença e foi ler as cartas afastado de todos.

Igor aproveitou para puxar conversa com Paulo Bregaro:

– O senhor está com cara de cansado.

– Estou vindo do Rio de Janeiro com essas notícias urgentes – disse Bregaro. – Foram 96 léguas em apenas cinco dias. Ficamos praticamente sem dormir.

– Vocês usaram 96 éguas na viagem? – espantou-se Igor. – Onde vocês deixaram todas elas?

– Presta atenção, Igor! – bronqueou Vini. – Ele disse "léguas", e não "éguas". Légua é uma medida de distância.

– É, uma légua mede algo em torno de seis quilômetros e seiscentos metros – acrescentou Isa. – A viagem deu cerca de seiscentos quilômetros.

– Se vocês estão cansados, imagine os cavalos... – Igor dirigiu-se novamente ao mensageiro.

– Antes de sair, Bonifácio foi enfático: "Se não arrebentar uma dúzia de cavalos no caminho, nunca mais será correio" – contou Bregaro.

— Ele disse isso? — Igor balançou a cabeça em sinal de reprovação. — Deixa a Sociedade Protetora dos Animais ficar sabendo...

Pedro não estava longe. Os garotos conseguiam observar suas reações, seu rosto se fechando, o ar de preocupação.

— Essas cartas trazem as últimas decisões da Corte portuguesa em relação ao Brasil — comentou Isa, lembrando do conteúdo que havia estudado. — Ele foi destituído do cargo de príncipe regente. Perdeu até o poder de nomear ministros. Tem uma tropa de 7 mil portugueses a caminho do Brasil para retomar o poder. Portugal quer que ele volte para a Europa.

— Como sabes disso? — surpreendeu-se Bregaro.

— Ela sabe tudo... Ela até criou o Esquadrão Curioso, já ouviu falar? — perguntou Vini. — Ela e a Débora são as duas melhores alunas da escola.

— Quem é Débora? — procurou o mensageiro. — Não estou vendo nenhuma outra menina... Em quantos vós sois?

— Eu tenho uma foto dela aqui no meu celular — Isa começou a mexer no aparelho para mostrar ao mensageiro.

— Que objeto mais estranho é esse? — disse Bregaro. — Qual a serventia?

— Minha mãe diz que serve para tirar a nossa atenção — explicou Vini. — Não concordo. O celular me deixa falar com pessoas de qualquer parte do mundo. Dá para jogar, fazer compras, mandar mensagens, tudo em fração de segundos. Aliás, esse seu emprego está seriamente ameaçado.

— Esta é a Débora! — Isa finalmente encontrou a foto que queria mostrar. — Ela não é linda?

Bregaro levou um susto com a imagem:

— Ela é sua escrava?

— Escrava? — reagiu Isa.

— Sim, essa menina de cor, essa negrinha...

— Nada disso! — exclamou Igor, com fúria. — Essa é a Debora, nossa amiga. De onde nós viemos, brancos e negros são iguais, viu? Isso é racismo!

— É isso aí, Igor. É assim que se fala — Isa se encheu de orgulho do amigo. — Seria muito bom que isso fosse cem por cento verdade. Há ainda um longo caminho pela frente para acabarmos com o racismo, mas alguém precisa começar.

O EFEITO REVERSO

— Eureca! — gritou Débora, levantando o rosto da tela do computador.

— Tá louca? — reagiu Pudim. — Não tem ninguém aqui com esse nome. Quem é esse Eureca? Os meus cachorros são o Meme e a Selfie.

— Calma, Pudim! — respondeu Débora. — "Eureca" é uma palavra de origem grega que significa "descobri", "encontrei". Ela foi usada por um matemático chamado Arquimedes, quando ele encontrou a solução para um problema muito difícil.

— Conta logo o que você descobriu! — pediu Pudim.

— Com as dicas tecnológicas do Leo e com esses sites em inglês que você traduziu, Pudim, eu já tenho a resposta. Para trazê-los de volta, terei que usar o "efeito reverso" da máquina.

— Claro, é isso! — Leo abraçou a companheira do Esquadrão Curioso.

— Toda máquina do tempo precisa ser pensada para trazer os viajantes de volta de onde eles partiram — explanou a menina. — Mas a nossa máquina não está totalmente pronta. Ainda está em fase de protótipo, de testes. Não imaginava que ela iria funcionar... Para ser muito sincera, eu e a Isa não tínhamos pensado ainda em como seria o efeito reverso. Mas já tenho a solução.

— Que ótima notícia! — vibrou Leo.

— Sim, essa é a ótima notícia — continuou ela. — Mas eu tenho também uma péssima notícia.

— Que péssima notícia?!? — tremeu Pudim.

— Preciso tirá-los de lá enquanto eles ainda estiverem no dia 7 de setembro de 1822. Se o dia passar, não sei como reprogramar a máquina. Aí teremos que enterrar nossas esperanças.

* * *

Pedro tinha sido nomeado príncipe regente do Brasil quando seu pai, dom João VI, voltou a Portugal. O país tinha sido promovido a Reino Unido de Portugal e Algarves em 1815. Agora, a Corte de Lisboa queria que o Brasil voltasse a ser colônia e exigia que Pedro também voltasse imediatamente a Portugal. Ele perderia todo o seu poder.

— Que cara é essa, Pê? — Igor tocou no ombro do príncipe. — Quer uma paçoquinha?

INDEPENDÊNCIA OU ZERO!

– Pê? – Pedro novamente se inclinou para a frente como se isso o ajudasse a entender o que o garoto dizia.

– É só um jeito carinhoso de chamar alguém. Isabela, por exemplo, é Isa. O Vini se chama Vinicius. Aí abreviamos para Vini. É assim que fazemos.

– E o teu nome como fica? – perguntou Pedro.

– Igor já é um nome pequeno, não dá para abreviar. Pelo que sei, seu nome é bem grande, né? Acho que é o maior que eu já vi. Você não se esquece de algumas partes dele de vez em quando?

– Claro que não, menino Igor. É Pedro de Alcântara Francisco Antônio João Carlos Xavier de Paula Miguel Rafael Joaquim José Gonzaga Pascoal Cipriano Serafim de Bragança e Bourbon.

– Parece a lista inteira de chamada dos meninos da minha classe – riu Igor. – Ou a escalação de nosso time de futebol.

– Que diabo é esse futebol que tu falas tanto?

– Deixa pra lá. Agora você tem coisa mais importante para fazer. Precisamos criar esse feriado logo. Você nem imagina como é bom dar essa paradinha em setembro. Quando cai numa quinta-feira, então... Todos os estudantes do Brasil adoram você por causa disso. Aliás, que dia da semana é hoje?

– Sábado! – respondeu Pedro.

– Feriado em sábado e domingo não serve para nada, já vou avisando – desdenhou Igor.

– Só sei que tenho que fazer algo muito importante. Portugal está a nos pressionar.

– Pressão mesmo você vai ver quando o Brasil jogar contra o Cristiano Ronaldo.

– Cristiano Ronaldo de novo? – lembrou Pedro. – Não sei quem é esse gajo!

– Deixa pra lá – Igor mudou de assunto. – Essa pressão de Portugal era o que estava escrito nas cartas que o Sedex trouxe para você?

– Que Sedex?!? Quem me entregaste as cartas foi Paulo Bregaro.

– Sim, eu sei. Mas ele está trabalhando para o Sedex, não sabia? – era hora de Igor colocar sua versão em jogo. – É o "Serviço de Encomendas Despachadas para Excelências". É um serviço bastante eficiente. Veja como as cartas chegaram rápido.

– Não tinham me avisado desse tal Sedex – reclamou Pedro. – Parece que sou sempre o último aqui a saber das coisas.

Ele chutou uma pedrinha que estava no seu caminho e tomou uma decisão:

– Preciso reunir minha tropa. Tenho algo importante a fazer. E tem que ser agora. É hora de proclamar a Independência do Brasil.

INDEPENDÊNCIA OU ZERO!

— Pra que tanta pressa, Pedro? — Igor lembrou que tinha colocado na prova que a Independência foi proclamada em 8 de setembro. — Não é melhor pensar direitinho essa noite, conversar bastante com o travesseiro e deixar para proclamar a Independência amanhã?

— Tu achas que estou sendo precipitado demais? — Pedro ficou em dúvida.

— Deixa de colocar minhoca na cabeça dele, Igor — Isabela cortou a conversa, antes que Igor mudasse a história. — Lembra o que seu pai lhe disse, vossa alteza?

— Claro que me lembro — Pedro ficou visivelmente emocionado. — Ele disse: "Pedro, se o Brasil se separar, antes que seja para ti, que me hás de respeitar, do que para algum desses aventureiros".

— E então? — atiçou Isabela. — O que você está esperando, Pedro?

— Não é melhor esperar passar esse desarranjo? — insistiu Igor pelo adiamento. — Vai que você sente dor de barriga bem na hora da proclamação. Já imaginou o que os livros de história vão dizer?

— Não há tempo a perder — a determinada Isa não desistia fácil.

— Devemos ir para São Paulo com a comitiva real e fazer isso no Palácio dos Governadores? — perguntou Pedro.

— Não há tempo a perder — repetiu Isa.

— A menina tem razão. É isso que vou fazer. Será aqui mesmo, às margens do riacho do Ipiranga.

— Boa ideia — concordou Vini. — O terreno aqui é bastante grande. Pode ser que, no futuro, alguém resolva construir um museu e um mausoléu neste lugar em sua homenagem.

DIGA AO POVO QUE FICAREI

— Voltaram no tempo? — a diretora ainda estava incrédula. — Como três alunos de treze anos conseguem fazer isso, me digam! Isso não tem a menor lógica, não faz sentido. Se alguém escrevesse um livro assim, eu pararia de ler na hora. É duvidar demais da inteligência do leitor.

— Grandes descobertas científicas acontecem quando os corajosos vão pelos caminhos menos explorados — teorizou a professora Denise. — E essas crianças de hoje já vêm de fábrica com uma inteligência e uma coragem fora do normal. Não têm medo de errar e recomeçar. O melhor de tudo é que a invenção foi criada por duas meninas. Quem disse que nós, mulheres, não podemos ser grandes cientistas?

— O Pedro Álvares Cabral vai virar notícia no mundo inteiro... — profetizou Júlio.

— Mas o que eu digo para os pais das crianças? — a diretora estava se sentindo dentro de um pesadelo. — Mandei chamá-los. Eles já estão aí fora... Somos responsáveis por essas crianças quando elas estão aqui.

— Todos eles vão entrar para a história! — continuou comemorando Júlio.

— Para a história, pelo visto, eles já entraram mesmo. Mas como vamos trazê-los de volta?

* * *

— Estamos tão empolgados com tudo isso que vivemos na última meia hora que nem nos demos conta de que não sabemos como voltar para o futuro — a ficha de Isabela finalmente caiu.

— É verdade... — Vini ficou com vontade de chorar, mas fez força para segurar as lágrimas. — Quero voltar para a escola, para casa, para minha família.

— Pra que voltar? — Igor deu de ombros. — Prefiro ficar aqui...

— Vai imitar seu amigo Pedro agora? — provocou Vini. — "Se é para o bem de todos e felicidade geral da nação, estou pronto. Diga ao povo que ficarei em 1822." É isso?

— Na escola, sou um zero à esquerda. Agora um zero também à direita. Todos debocham das minhas notas. Meus pais ficarão decepcionados comigo... Voltar para quê? Agora sou amigo do futuro imperador do Brasil. Já fizemos até cocô na mesma moita.

INDEPENDÊNCIA OU ZERO!

Vocês vão, eu fico.

— Acho que às vezes você subestima o que sentimos por você, Igor — disse Isabela. — Todos nós gostamos muito de você na Pedro Álvares Cabral.

— Ô... Eu vi bem quando fui pedir sua ajuda hoje cedo — lembrou ele. Tem mais: custava deixar a proclamação da Independência para amanhã? Eu ficava com nota 1 e você, com nota 9. Estava tudo resolvido e pronto.

— Eu apenas quis evitar que você resolvesse um problema criando outro — explicou Isa. — Você acha que isso não é querer alguém bem?

— Sabe de uma coisa? Cansei de ser julgado pelas notas que tiro, e não pela pessoa que sou! — Igor cruzou os braços e fechou a cara.

— Você tem toda a razão — penitenciou-se Vini. — Muitas vezes fui babaca com você e peço desculpas. Queria ficar do lado dos populares e ria de você sem saber por que estavam rindo. Você é um tremendo cara do bem, supercriativo.

— Por favor, volte com a gente — pediu Isa. — Nós vamos consertar isso. Quero muito assistir ao seu musical. Se você não voltar, não vai ter a Keka em cena.

— De que adianta? — Igor ainda estava chateado. — Quando eu voltar, meus pais irão me trocar de escola e passarei por tudo isso de novo.

65

— Duvido que o professor Júlio não leve em consideração o que você fez pela Independência do Brasil — apostou Vini.

— É verdade! — concordou Isa. — Você pode até começar a escrever seu segundo espetáculo. *Independência ou zero: o musical.* Vai ser sucesso na certa!

— Prefiro *Independência ou zero: o resgate* — Vini deu um palpite.

Isa apertou com força uma moedinha que trazia no pingente de seu colar. Era seu amuleto da sorte:

— Nós vamos sair daqui, tenho certeza. Eu confio muito no Esquadrão Curioso.

O GRITO DO IPIRANGA

Pedro estava com muita raiva. Arrancou as cartas que tinha deixado o padre Belchior ler e pisou em cima delas com a bota suja de lama.

— E agora, padre Belchior? — perguntou ele.

— Se vossa alteza não se faz rei do Brasil, será prisioneiro das Cortes e, talvez, deserdado por elas — disse o padre. — Não há outro caminho senão a independência e a separação.

Isa aproveitou a movimentação e pegou a carta amassada no chão. Começou a lê-la e mostrou aos amigos.

— Vejam só que emocionante...

Leu um trecho apenas para que eles ouvissem:

"O Brasil será em vossas mãos um grande país. O Brasil vos quer para seu monarca. Com o vosso apoio ou sem o vosso apoio, ele fará a sua separação. O pomo está maduro, colhei-o já, senão apodrece."

— Que mulher incrível a princesa Leopoldina... — suspirou Isa. — Ela está ocupando a regência interina do Brasil, resolvendo tudo sozinha. Foi Leopoldina quem assinou o decreto que declarou o Brasil separado de Portugal. Portanto, sejamos justos: quem proclamou a Independência do Brasil foi ela!

— É verdade — concordou Igor. — O mundo era bem machista naquele tempo, né?

— Era?! — fuzilou Isa. — Tem certeza de que não é mais? De que ano você veio mesmo?

Isa dobrou o papel amassado e colocou a carta no bolso de trás de sua calça.

— Quando voltar, eu vou estampar o rosto dela em uma camiseta para a minha coleção de grandes mulheres. Vou escrever: "Lovepoldina".

* * *

— Alguma novidade, Débora? — Pudim estava impaciente.

— Pelos meus cálculos, conseguiremos trazer Isa, Igor e Vini de volta se eles entrarem de novo numa nuvem muito forte de poeira — explicou Débora.

— Impossível... — Leo não queria entregar os pontos, mas estava achando complicada a solução encontrada pela amiga.

Ele fez uma pesquisa rápida num site de buscas e abriu a imagem do famoso quadro da Independência:

— Vejam aqui: o céu está azul, azul, azul. Qual é a

chance de ventar, de chover? Nenhuma!

— Pois temos que fazer o tempo virar — insistiu Débora com sua ideia.

— Temos cada vez menos tempo para isso — desaprovou Leo.

— Tempo, tempo, tempo... — repetiu Pudim. — O tempo perdido não se encontra nunca mais!

Manu, irmã mais velha de Pudim, apareceu na garagem. Estava esbaforida:

— Já sabem da notícia? Acabei de vir da Pedro Álvares Cabral. Três alunos da classe de vocês desapareceram misteriosamente... Parece que sumiram dentro de uma nuvem de poeira.

— Estamos sabendo — disse Pudim.

Débora contou tudo a Manu, que ficou ainda mais perplexa:

— Todos os pais estão desesperados. A escola não sabe o que fazer... Os professores estão dando a maior força para acalmá-los...

Leo fez gestos espalhafatosos para chamar a atenção da turma:

— Acabei de receber uma mensagem. A Denise e o Júlio disseram que estão vindo para cá. Parece que eles depositaram todas as fichas em nós...

— Que responsabilidade, hein, Esquadrão Curioso! — colocou pressão Manu.

INDEPENDÊNCIA OU MORTE

Dom Pedro caminhou em silêncio.

— Padre Belchior, eles o querem, eles terão a sua conta. As Cortes me perseguem, chamam-me com desprezo de "rapazinho" e de "brasileiro". Pois verão agora quanto vale o "rapazinho".

— Ouviu isso, Igor? — perguntou Vini. — Dom Pedro também sofria *bullying!*

Pedro reuniu o pequeno grupo de sua comitiva. Só quem estava ali ouviu:

— De hoje em diante estão quebradas as nossas relações. Nada mais quero com o Governo português e proclamo o Brasil, para sempre, separado de Portugal.

A turma respondeu com entusiasmo:

— Viva a liberdade! Viva o Brasil separado! Viva dom Pedro! Estamos separados de Portugal.

Igor achou a cena um pouco chocha. Ficou imaginando como ela ficaria no palco. Esse seria o momento da apoteose do musical, com todo o elenco de atores e figurantes em cena. Tinha que ser algo grandioso, pomposo. Por isso, ele resolveu intervir:

— Ei, Pedro, não seria melhor fazer a proclamação de novo? Você se esqueceu dos guardas, que estão lá perto da venda.

Dom Pedro concordou com o garoto. Montou no burro e foi em direção à sua guarda de honra. Estavam a cerca de quatrocentos metros do riacho do Ipiranga. Canto e Melo já havia saído na frente para avisar o coronel Marcondes de que o príncipe estava vindo a galope. O coronel mandou a guarda se formar para recebê-lo. Pedro chegou antes mesmo que todos montassem em suas selas. Logo apareceram todos os oficiais e os garotos. Pronto: a cena estava montada.

— Amigos, as Cortes Portuguesas querem mesmo escravizar-nos e perseguem-nos — disse Pedro. — De hoje em diante, nossas relações estão quebradas. Nenhum laço nos une mais.

— O cara tá irado... — disse Vini. — Olha lá, gente. Agora ele arrancou o laço do chapéu e o jogou no chão.

— É que aquele laço azul e branco é o símbolo de Portugal — destacou Isa.

— Laço fora, soldados! — prosseguiu Pedro. — Viva a Independência e a liberdade do Brasil!

INDEPENDÊNCIA OU ZERO!

Todos os soldados fizeram o mesmo com o distintivo que traziam em suas mangas.

— Atira a sua tiara lá também, Isa!

— Psiu, fica quieto, Vini! Agora vem a parte mais importante...

— Presta atenção, Igor — ordenou Vini. — Assim, daqui a duzentos anos, quando for fazer a prova, você não erra...

Pedro e todos os presentes estavam emocionados:

— Pelo meu sangue, pela minha honra, pelo meu Deus, juro fazer a liberdade do Brasil. Será nossa divisa de ora em diante.

Os três amigos se abraçaram. Mas ainda estava faltando alguma coisa. Isa chamou pelo príncipe:

— Ei, Pedro! Pedro, Pedro... Está faltando uma frase bombástica para encerrar esse momento épico.

— Ah, é? — o príncipe ficou confuso. — Não está bom tudo o que eu disse?

— Está bom, sim! — disse Vini. — Mas pode ficar ótimo!

— O que sugerem? — Pedro parecia sem ideias.

— Independência do sul ao norte! — tascou Igor.

— Você está louco, Igor? — Vini quase caiu para trás.

— Estava só brincando... — riu Igor. — Tinha até pensado numa coisa maluca... E se a Independência do Brasil fosse proclamada em ritmo de rap? Pensei numa música assim:

Se querem independência, eles vão ter
Se não querem, eles vão morrer
Você sabe disso
Pra libertar o país, precisa compromisso
Senhor dom Pedro, vou lhe dar um recado
A atitude é necessária pra que sejamos libertados
Vá até o Ipiranga, meu querido,
e anuncie aquilo que precisa ser ouvido!

— Que sensacional! — aplaudiu Vini. — Você bolou tudo isso agora?

— Sim — disse Igor.

— Tá lindo demais. Só que, para facilitar, vamos de "Independência ou morte" mesmo? — Isa resolveu interceder. — Que tal, Pedro?

— Gostei! — elogiou o príncipe. — Ei, menino Igor... Tens ainda um daqueles docinhos aí? Estou um pouco nervoso com tudo isso.

— Eu te entendo. O nome disso é paçoquinha. É a última! Toma lá — Igor arremessou o doce.

Dom Pedro comeu a paçoquinha em duas dentadas. Desembainhou a espada, levantou-a bem alto e bradou na encosta da colina do Ipiranga:

INDEPENDÊNCIA OU ZERO!

— Independência ou morte!

Toda a guarda fez o mesmo gesto e, com as espadas erguidas, repetiu:

— Independência ou morte!

* * *

— Isso é alguma piada? — reagiu o pai de Igor, enquanto a mulher bebia um grande gole de água com açúcar e se abanava com o programa da feira entregue na porta da escola. — Onde está nosso filho?

— Sei que é difícil acreditar... Eu também custei a acreditar... Mas, neste momento, ele e dois colegas de classe estão em 1822.

— Que 1822?! — ele deu um soco na mesa tão forte que uma caneca cheia de lápis tombou. — Quero saber o que aconteceu com ele! Vocês devem estar escondendo alguma coisa...

— Posso lhe mostrar o quadro no corredor... — ofereceu-se a diretora.

— Que quadro? — o pai de Igor continuava muito nervoso.

— *Independência ou morte.* Eles estão lá no quadro.

— A senhora está maluca, é? — foi a vez de a mãe de Igor levantar a voz. — Isso não é uma escola séria.

— Pela última vez... com quem está o nosso filho? — ele deu um ultimato.

— Nesse momento, ele está com Isabela, Vini e... muito provavelmente dom Pedro I.

— Chega! Que absurdo! Vamos chamar a polícia! — disse o pai de Igor, batendo com força a porta ao sair da sala, seguido da esposa.

Nem teve tempo de parar de tremer, a diretora viu Mendonça entrar na sala e anunciar:

— Dona Gabriela, com licença! Os pais da Isabela e do Vinicius estão aí fora! E parecem bem bravos também... O que eu faço?

— Vou falar com eles. Mas, antes, por favor, me traga também um daqueles copos de água com açúcar. Um não... Cinco!

* * *

— É a nossa única chance! — decretou a professora Denise.

— Mas quem vai fazer isso sou eu — rebateu Júlio. — Afinal, eu sou o causador de toda essa confusão.

— Você fez o que tinha que ser feito, Júlio — disse Denise. — Se ele tirou nota 0 é porque merecia nota 0. Não se culpe por isso. E eu não selecionei o invento dele para a Feira de Ciências... A ideia da colher com ventilador era boa... Só fiquei com medo de que ela saísse sujando todos os visitantes.

Denise e Júlio estavam dentro do QG do Esquadrão Curioso. Tinham acabado de ouvir a explicação e a conclusão de Débora. Era preciso fazer os três entrarem numa grande nuvem de poeira para que conseguissem retornar para o presente. Denise se ofereceu para entrar na máquina carregando outro ventilador e voltar também para 7 de setembro de 1822.

— Já sabemos que a máquina pode levar até o passado, mas ainda não testamos se ela é capaz de trazer de volta — ponderou Débora.

— Quero correr esse risco, curiosos! — disse Denise, com a mais absoluta certeza. — Eu irei!

Júlio insistiu para fazê-la mudar de ideia:

— Tenho um argumento definitivo para mostrar que sou eu quem deve ir, Denise. Sou professor de história e seria a glória ser testemunha ocular desse momento.

— Então, você perdeu, Júlio — Denise deu uma risadinha vitoriosa. — Sou professora de ciências e participar da primeira viagem no tempo será a consagração da minha carreira. Ainda mais porque a invenção é das minhas alunas. Débora, quero estar presente quando você e a Isa forem a Estocolmo receber o Prêmio Nobel.

Débora estava muito tensa para agradecer. Sua preocupação agora não era com a capital da Suécia, mas com as margens do riacho do Ipiranga.

— Leo, de quanto tempo você precisa para preparar outro motor ultrapotente para o segundo ventilador? — perguntou Débora.

— Já vi dois tutoriais e estou com todo o material dentro dessa caixa — disse Leo. — É uma coisa relativamente simples. Posso fazer lá na escola mesmo.

— Onde encontraremos agora um ventilador bem grande? — Débora estava fazendo mentalmente uma lista de necessidades.

— Temos um bem grande na sala da diretora — lembrou Júlio. — Faz um pouco de barulho, mas funciona bem.

— Se estão todos de acordo com a ideia da professora Denise, precisamos voltar para a escola imediatamente — decretou Débora, agora no comando da operação.

— Meu carro está lá fora! — disse Júlio.

— Carro não — vetou Pudim. — Não podemos correr o risco de pegar um congestionamento pela frente. Vamos todos de bicicleta. Vocês podem pegar emprestadas as bikes do meu pai e da minha mãe. Bora, Esquadrão Curioso!

EXPECTATIVA X REALIDADE

— Gente, este é o momento mais lindo da minha vida! — Vini caiu no choro. — Nós estamos vendo a Proclamação da Independência do Brasil.

— Vendo não — corrigiu Isa. — Nós estamos participando dela.

— É incrível mesmo! — Igor estava exultante. — Mas vamos combinar uma coisa, né? Não tem nada a ver com o quadro *Independência ou morte*, que fajuto! Sabe aquele meme: expectativa X realidade?

— Uma pena que não consegui fazer algumas fotos com o meu celular — lamentou Isa. — O meu aparelho travou. O engraçado é que ele ficou marcando o dia e o horário em que deixamos o presente, quer dizer o futuro... Ah, vocês entenderam.

— Será que vamos aparecer no quadro também? — Vini voltou ao assunto inicial.

— Cadê o Luiz Américo? — Igor girou a cabeça para todos os lados.

— Pedro Américo — corrigiu Isa.

— Isso, isso... Pedro Américo — concordou Igor.

— Vamos lá falar para ele nos incluir no quadro.

— Pedro Américo nem nasceu ainda... — explicou Isabela.

— Quer dizer, somos mais velhos que ele? — perguntou Vini.

— Não, né! Nós também ainda não nascemos... Quer dizer, não devíamos ter nascido — Isabela se enrolou toda.

— Se eu estou com treze anos em 1822, eu nasci em 1809 — Igor fez as contas.

— Agora eu entendi por que o quadro tem tantos erros... — constatou Vini. — Pedro Américo pintou a cena da proclamação sem tê-la visto...

— Erros, que erros?!? — assustou-se Igor. — Não posso mais ouvir falar em erros. Isso me dá calafrios.

— Ele pintou uns cavalões lindos, e não esses burrinhos... — começou a enumerar Vini.

— É que os burros eram utilizados para enfrentar essas viagens mais difíceis, com muitas subidas e descidas — justificou Isa. — São animais mais resistentes.

— Pelo que me lembro, no quadro, o pessoal está vestindo roupa de gala, casacos de veludo, botas, chapéus — disse Igor. — Tudo muito chique. Mas são roupas usadas apenas em cerimônias oficiais, hahaha! Parece que tinham acabado de sair da mesma loja em que aluguei essa roupa aqui.

INDEPENDÊNCIA OU ZERO!

– Mas bem diferente da vida real – zombou Vini. – Aqui estão todos supersimples. Já imaginaram viajar com aquelas roupas pesadas do quadro?

– Ainda bem que o Pedro Américo não era um cara nerd – disse Igor.

– Por quê? – Vini achou o comentário totalmente fora de contexto.

– Ele teria desenhado dom Pedro com um sabre de luz, já imaginou? – Igor riu da própria piada.

– O nosso livro de história tem duas páginas sobre o quadro – lembrou Isa. – Lá está escrito que, quando recebeu a encomenda da obra, Pedro Américo conversou com algumas pessoas que participaram da cena. São essas pessoas que estão aqui...

– Ele também vai conversar com a gente, né? – Igor pensou alto.

– Espero que não... – disse Vini. – Tomara que a gente esteja bem longe daqui quando ele nascer.

– O quadro foi encomendado por dom Pedro II e só foi apresentado a ele em 1888, ou seja, 66 anos depois da Independência – esclareceu Isa.

– Tudo isso? – espantou-se Igor.

– Na hora de pintar, ele deu uma caprichada na cena e tudo ficou mesmo mais bonito – complementou Isabela.

– Saindo daqui nós podemos pegar a sua máquina do tempo de novo e ir até a maternidade em que ele nasceu. Posso convencer a mãe dele que Luiz Américo é um nome mais bonito que Pedro Américo.

— *Saindo daqui...* Isa, o que vai acontecer se o pessoal do Esquadrão Curioso não conseguir nos tirar daqui? — Vini encarou a amiga em busca de uma resposta sincera.

— Não faço a menor ideia! — disse ela. — Nem quero pensar nessa hipótese, estamos combinados?

CONTAGEM REGRESSIVA

Denise pediu a ajuda de funcionários da escola para afastar as pessoas que se aglomeravam na frente da sala. Achou melhor não contar para a diretora detalhes de seu plano de voltar para o passado com o ventilador. O professor Júlio também guardou segredo. Denise, Júlio, Débora, Pudim e Leo foram os únicos autorizados a entrar e fecharam a porta da sala 171.

— Tem certeza disso, professora? — perguntou mais uma vez Débora.

— Certeza absoluta! — disse ela, toda confiante.

Débora tirou mais um pote do preparado que ela batizou de "poeira das estrelas" e colocou na máquina. A data do tablet estava correta.

— Todos prontos? — perguntou Leo. — Hora de pôr os óculos! Não temos muito tempo!

Eles colocaram óculos de natação para proteger os olhos da poeira. Denise se posicionou em frente à máquina, abraçada ao velhusco ventilador que Leo havia turbinado.

— Boa viagem, Denise! — desejou Júlio. — Não se esqueça de trazer alguma lembrancinha para mim!

— Tipo a espada da proclamação, alguma coisinha assim? — Denise fez piada para esconder seu nervosismo.

— Para mim, está perfeito! — riu ele. — Só não sei se irão autorizar você a viajar no tempo com um objeto cortante ou perfurante. Segurança de voo, sabe como é.

— Vamos lá! Vou ligar o ventilador... — avisou Leo. — Atenção, todos!

— Boa sorte, professora! — disse Débora. — Traga-os de volta, por favor!

— Três, dois, um... — Leo fez a contagem regressiva. — Acionando o ventilador!!!

A GUARDA DOS DRAGÕES

Desmontado do burro, depois de receber os cumprimentos de toda a comitiva, Pedro deu um abraço em Igor.

— Gostei daquela música que tu cantarolaste, menino Igor. Tu gostas de música?

— Música é a minha vida, Pedro — respondeu com um sorriso nos olhos.

— Também amo música. Toco clarineta na Real Câmara. Gosto de flauta, fagote, trombone, cravo, rabeca e violoncelo. E tu?

— Meu negócio é compor no meu computador — disse Igor.

— Ahn?! — o príncipe lançou um olhar de assombro para ele.

— Esqueça, príncipe. Qualquer hora explico isso melhor.

— Vós vireis para São Paulo conosco? — perguntou Pedro, ansioso para levar as boas-novas para a cidade grande.

— Aqui não é São Paulo? — perguntou Vini.

Marcelo Duarte

– Não. Falta ainda uma légua. Os burros já acabaram de beber água e seguiremos viagem.

– Viemos meio despreparados – desesperou-se Igor. – Não trouxe o meu bilhete único. Só estou com a carteirinha da escola e sete reais.

Pedro riu bem alto.

– Tu dizes umas coisas malucas, sem nexo. Não te entendo, mas acho tudo muito engraçado. Minha guarda já separou três burros para vós seguirdes viagem conosco – apontou Pedro. – São nossos burros de reserva. Sempre viajamos com animais a mais para levar nossos farnéis.

– Não diga "minha guarda" – corrigiu Isa. – Eles merecem um título mais pomposo, mais majestoso. Que tal "Dragões da Independência"?

– Soa muito bem – aprovou dom Pedro. – Gostei da sugestão. Eles serão, daqui em diante, os Dragões da Independência.

Já montado em um burro bege, Vini perguntou aos amigos se eles achavam uma boa ideia ir para São Paulo ou se era melhor esperar por um resgate do futuro ali mesmo.

– Se ninguém aparecer, o que faremos neste fim de mundo? – ponderou Isa. – Melhor seguir com eles.

– Quando chegarmos em São Paulo, menino Igor, podemos escrever uma música juntos em ho-

menagem à Independência do Brasil, que achas?

– Eu topo! – vibrou Igor.

Eufórica, a comitiva de dom Pedro saiu em disparada. O sol já começava a baixar. Até os burros pareciam querer ir mais depressa. Menos as três escaladas para levar Isa, Igor e Vini, que eram bem mais lentas. Eles foram ficando para trás, cada vez mais para trás. Quando se deram conta, o trio estava comendo poeira. A estrada era toda de terra batida e a poeira cresceu como uma nuvem. Uma grande ventania tomou conta de tudo ao redor deles.

* * *

Faltava ainda uma hora para o pôr do sol quando Pedro e sua guarda de honra entraram esfuziantes em São Paulo. Do Ipiranga até lá, contaram-se apenas oito casas no caminho. A cidade tinha pouco menos de 7 mil habitantes. Eram 28 ruas e dez travessas de terra batida, e exatamente 1866 casas. A notícia da independência já tinha chegado, e eles foram recebidos com o bimbalhar dos sinos das igrejas. A primeira parada foi no Palácio dos Governadores, onde passariam aquela noite. Pedro ainda não estava recuperado dos problemas intestinais.

INDEPENDÊNCIA OU ZERO!

— Vossa alteza precisa descansar um pouco – disse Chalaça. – Temos um compromisso à noite.

— O que é? – perguntou Pedro.

— Temos a encenação de uma peça no teatro do Pátio do Colégio.

— Que peça? – ele quis saber mais detalhes.

— *O convidado de pedra*, de Molière. Vossa alteza adora a história de Don Juan, que eu sei. Já confirmamos sua presença. Um lugar no camarote principal o espera.

— Está bem, está bem. Ah, Chalaça, onde estão as três crianças esquisitas que estavam conosco? Não as vejo mais.

— Não faço a menor ideia! – respondeu o secretário particular. – Os burros que os traziam chegaram aqui sem ninguém. Devem ter desistido de nos acompanhar.

— Diga para Canto e Melo voltar e encontrá-los. Quero os três por perto. Eles sabem de coisas demais. Parece que estudaram minha vida!

* * *

Isa, Igor e Vini coçaram, coçaram, coçaram ferozmente os olhos. A poeira demorou a baixar. As

89

gargantas estavam engasgadas de tanta poeira. Só depois de algum tempo, conseguiram respirar e abrir os olhos. A surpresa foi total! Eles estavam de volta à escola.

ALUCINAÇÃO COLETIVA?

— Que incrível! — vibrou Vini, ao abrir os olhos e se ver novamente dentro da sala de aula. — Voltamos! Voltamos! Voltamos! Acho que vou chorar.

Os três se abraçaram e começaram a dar pulinhos típicos de times que ganham competições. Começaram a gritar "u-hu!" repetidas vezes e se entusiasmaram ainda mais quando viram a professora Denise entrando na sala.

— Vocês já estão aqui? — disse ela. — Bom dia! Chegaram cedo para a apresentação, hein? Está tudo pronto, Isabela?

Isabela levou um susto. Tinham viajado no tempo, ficaram duzentos anos fora! A professora não percebeu a ausência deles?

— Só queria pedir um favor a você, Isa — continuou a professora. — Tome muito cuidado com esse ventilador. Temos que deixar tudo limpinho para a visita dos pais. Estou com medo de que o vento espalhe essa areia que tem aí no potinho.

Denise se virou para Igor e deu uma ordem parecida:

— Igor, o mesmo vale para você. Não quero que o ventilador de sua colher suje ninguém na hora da demonstração da sopa, ok?

Só aí Igor viu que seu invento estava do outro lado da sala.

— Será que viajamos mesmo no tempo ou isso tudo foi apenas uma alucinação coletiva? — cochichou Vini.

— Tem algo muito estranho acontecendo aqui — Igor disse, chocado.

Isa tirou o celular do bolso, viu que ele havia voltado a funcionar e percebeu que eles retornaram no mesmo minuto que iniciaram a viagem no tempo: 7h34. A máquina do tempo funcionou, sim! "A professora Denise é que é muito desligada", pensou. O que mais interessava é que Isa poderia, a partir daquele momento, viajar por décadas e séculos para viver os momentos mais importantes da história da humanidade. Já começou a fazer planos de ir, junto com Débora, para a Bahia no dia em que os portugueses chegaram ao Brasil. Ou de conhecer Zumbi dos Palmares, Lampião, Princesa Isabel, Tiradentes...

A NOTA DE IGOR

Enquanto o pensamento de Isa viajava solto, os alunos e as famílias estavam começando a chegar para a Feira de Ciências, marcada para ter início às oito horas da manhã. Débora entrou na sala, desculpando-se pelo pequeno atraso. Cumprimentou primeiro a professora e depois a parceira, Vini e Igor. Isa não acreditou que Débora, com expressão impassível, também não perguntou nada sobre a viagem.

— As camisetas ficaram lindas! — simplesmente falou.

Débora vestia uma camiseta azul com uma frase estampada: "A má notícia é que o tempo voa. A boa é que você é o piloto". Tirou da mochila outra igualzinha e a entregou para Isa.

— Coloque a sua lá no banheiro — disse. — Aproveite para dar uma penteada nesse seu cabelo e tirar um pouco dessa terra dos seus ombros. Parece que você veio rastejando para a escola hoje.

Isa ficou encafifada. Será que o tempo ficou congelado nesse intervalo todo em que eles estiveram no passado? Era como se nada tivesse acontecido. Pegou a camiseta e chamou Igor e Vini para conversarem do lado de fora da classe.

— Será que eles estão fazendo isso de propósito? — Vini mordeu os lábios de nervoso.

— Não — ponderou Isa. — Huuum... Acho que tenho a resposta, rapazes. Eu vi que voltamos para o mesmo instante em que viajamos: 7h34. Logo, para quem ficou aqui, não aconteceu absolutamente nada. É como se a vida de agora seguisse seu ritmo natural.

Antes que os dois garotos pudessem esboçar qualquer reação, Pudim e Leo apareceram na porta da sala. Trocaram cumprimentos preguiçosos e entraram todos juntos.

— Bom dia, Débora! — saudou Leo. — Eu trouxe as plaquinhas que vocês pediram com as teorias sobre viajar no tempo. Ficaram incríveis!

— Legal que o Igor e o Vini já estão aqui! — cumprimentou Pudim. — Ei, Igor, eu vi o vídeo que você postou anteontem, cara. Aquela música que você compôs é da hora! Temos que mostrar para o professor de filosofia.

— Também ouvi. E me emocionei bastante — completou Leo. — Foi você mesmo que compôs a letra?

— Foi — Igor enrubesceu, feliz com os comentários inesperados.

INDEPENDÊNCIA OU ZERO!

— A gente poderia pensar em formar uma banda aqui na escola — sugeriu Leo. — Eu toco baixo.

— É só aumentar o volume e tocar alto.

— Baixo é o nome do instrumento, Pudim! — Leo fez que tinha perdido a paciência.

— Eu sei... Só estava zoando.

— Vamos formar a banda ou não vamos? — insistiu Leo.

— Eu adoraria... Mas, com o zero que tirei na prova de história, não estarei aqui com vocês no ano que vem. Não consegui mudar nada na história da Independência do Brasil, ficou exatamente igual.

— Mas como você mudaria a história do Brasil, cara? — Pudim desatou a rir. — Só se a máquina do tempo da Débora e da Isa funcionasse de verdade.

— Pois eu não duvidaria disso, viu, Pudim? — Isa ficou ligeiramente melindrada.

— Foi um prazer enorme ter conhecido vocês, mas ano que vem estarei em outra escola — Igor baixou os olhos com vergonha de encará-los.

Deu quatro passos em direção à mochila que tinha deixado na sala. Apanhou a prova que estava dentro de um caderno.

— Quero que vocês guardem de recordação a minha prova — parecia um ator interpretando um drama. — Não tenho coragem de levar essa nota 0 para casa. Meus pais ficarão muito chateados comigo. Guardem, guardem com vocês.

Entregou a folha de papel para Débora. Ela olhou a prova e reagiu na mesma hora.

— Zero nada, Igor! Você está com nota 10.

— Impossível! — duvidou ele, pegando a folha de volta. — Deve ter alguma coisa errada nisso aí. Alguém colocou o número 1 na frente para rir da minha cara depois. Foi você, Vini?

— Não tenho nada a ver com isso — respondeu Vini. — Esqueceu que eu estava com você em 1822?

— Do que vocês estão falando? — perguntou Leo, sem entender a citação de "1822".

— Então quem foi? — encarou todos ao redor. — Foi você, Denise?

— Eu não — garantiu a professora. — Jamais faria isso!

— Como eu posso ter tirado a mesma nota da Débora e da Isa? Tem alguma coisa errada.

— Não tem nada de errado, Igor — Isabela estalou os dedos. — Você tirou mesmo nota 10!

— Mas como é que acertei tudo se eu não estudei nada?

— É que você viveu a história. Você sabia tudo na hora da prova porque você estava lá quando tudo aconteceu.

— Verdade — aplaudiu Vini. — A máquina do tempo salvou você, Igor. Você continuará aqui na escola com a gente no ano que vem. Isso não é demais?

— Posso saber do que vocês estão falando? — Pudim não estava entendendo nada. — Como ele poderia estar no Império?

— Mais tarde, lá no nosso quartel-general, eu explico tudinho a vocês — prometeu Isa. — É uma longa história.

Um enorme ponto de interrogação se instalou diante de Débora, Pudim, Leo e Denise.

— Essa máquina é mesmo incrível! Muito, muito obrigado! — agradeceu Igor.

— Não precisa agradecer — disse Isa. — Você teve mesmo alguma dúvida de que eu ajudaria você?

— Que brincadeira mais boba é essa? — irritou-se Pudim. — Estão querendo nos convencer que esse troço da Feira de Ciências funciona?

— Mas um dia irá funcionar — Débora não queria que menosprezassem o trabalho.

— Não é isso que importa agora — festejou Leo. — Igor, se você não vai sair mais da escola, isso quer dizer que poderá entrar na nossa banda?

— Bem lembrado, Leo — Pudim fez cara de aprovação. — Não poderíamos ficar sem um compositor igual a você.

Marcelo Duarte

— Eu aceito fazer parte da banda com duas condições — disse Igor com ar sério.

— Que condições? — perguntou Leo.

— A primeira é que a banda tem que se chamar Os Chalaças!

— Para mim, está fechado assim — concordou Leo, abafando uma risada. — Qual é a segunda condição?

— Os ensaios da banda não podem ser no mesmo dia dos ensaios dos musicais que estou escrevendo.

— Musicais? — Débora amava esse tipo de espetáculo. — Você está escrevendo musicais, Igor?

— Um sobre adolescentes e outro sobre a Independência do Brasil — intrometeu-se Isa. — No musical sobre adolescentes, tem uma personagem inspirada em mim. Chama-se Keka.

—Também quero ser personagem do seu musical, Igor — pediu Débora.

— Musical é aquela peça de teatro em que as pessoas não falam, só cantam, né? — perguntou Leo. E, imitando um cantor lírico, disparou: — *Por favor, minha senhora/ Onde fica o toalete?/ Preciso ir lá agooooora!*

Todos acharam graça do comentário. Foi quando o professor Júlio entrou na sala e cumprimentou um por um pelo nome. Ele estava procurando a professora Denise.

— A diretora pediu que começássemos com o *Hino da Independência* — disse Júlio. — Imprimi algumas cópias da letra para você entregar aos alunos no auditório.

O professor de história deixou as folhas em cima da mesa. Débora riu:

— Eu não vou precisar de folha, Denise. Sei o hino de cor e salteado... *Se querem independência, eles vão ter/ Se não querem, eles vão morrer...*

— De onde você tirou isso, Débora?

— Como assim, Igor? — ela estranhou a pergunta. — É o *Hino da Independência*, esqueceu?

— É? Sim, é... Quem compôs esse hino? — indagou Igor.

— Ora, ele foi composto por dom Pedro I e por um xará seu, Igor Passos Quinhas — respondeu Júlio. — Vocês aprenderam isso e não faz muito tempo. Já esqueceu?

A professora Denise interrompeu a conversa com um plano para eles:

— Vocês não querem ver os trabalhos das outras turmas antes que a escola comece a encher?

— Sim — concordou Isa. — Fiquei sabendo que a 164 fez uma máquina muito engraçada que desentorta bananas.

Foram caminhando pelo corredor. Isa e Débora ficaram um pouco para trás.

INDEPENDÊNCIA OU ZERO!

– Débora, o que você faria se eu dissesse que a nossa máquina do tempo funcionou e que eu fui até 1822?

– Nossa máquina não está terminada ainda, Isa. Se você me dissesse isso, eu pensaria que você está tirando uma da minha cara.

Isa sacou a carta de Leopoldina do bolso de trás da calça e a entregou para a amiga:

– Pois veja. Esta é a carta que Leopoldina escreveu para Pedro e que ele leu pouco antes de proclamar a Independência. Ele a atirou no chão e eu a peguei.

Débora soltou uma gargalhada muito espontânea:

– Pensa que me engana? Eu li em vários livros que essa carta nunca foi encontrada. Ela se perdeu ao longo da história.

– Tô vendo que vou ter um pouco de trabalho para te convencer – Isa pareceu cansada para continuar argumentando. – A carta não foi encontrada porque ela estava o tempo todo aqui, no bolso de trás da minha calça.

O grupo tinha feito uma parada estratégica em frente ao pôster do quadro *Independência ou morte* no pátio. As duas se aproximaram e interromperam a conversa. Foi quando Vini cutucou Igor e Isabela. Eles estavam perto do sujeito do carro de boi.

— Para que não reste qualquer dúvida... — disse Vini baixinho.

— Somos nós mesmos! — cochichou Igor no ouvido de Isa. — E não havia nenhum carro de boi por lá. Se o Pedro Américo tivesse conversado comigo, eu diria isso a ele.

Isabela chegou ainda mais perto e viu um objeto estranho do outro lado do quadro.

— Ei, estão vendo isso aqui? — apontou ela. — Não parece um ventilador?

— É verdade! — concordou Pudim, chegando mais perto ainda da imagem. — Parece aquele ventilador esquisitão da sala da diretora...

— Ah, que bobagem, meninos — riu a professora Denise. — Quanta imaginação! Todos nós sabemos que ventiladores ainda não tinham sido inventados em 1822. Podem perguntar para o Júlio...

Denise foi falando e empurrando os seis pelo corredor. O mais longe que conseguiu do *Independência ou morte*.

POR DENTRO DA HISTÓRIA

A turma do Esquadrão Curioso preparou um guia com curiosidades sobre o Império e sobre a Proclamação da Independência. Saiba mais sobre essa aventura histórica!

DOM PEDRO I (1798-1834)

Dom Pedro I nasceu às 6h30 de 12 de outubro de 1798. Morreu aos 36 anos, em 24 de setembro de 1834, no mesmo quarto onde nasceu, no Palácio de Queluz, em Portugal. O quarto se chamava Dom Quixote.

Foi aclamado imperador em 12 de outubro de 1822, numa cerimônia no Campo de Santana (atual Praça da República), no Rio de Janeiro. Numa missa realizada em 1º de dezembro do mesmo ano, recebeu a coroa imperial, benzida com óleo santo, numa cerimônia que havia sido abolida pelos portugueses. Ele foi influenciado pela sagração e coroação de Napoleão Bonaparte, de 1804. Pela Constituição de 1824, o cargo passou a ser denominado Imperador Constitucional e Defensor Perpétuo do Brasil.

Dom Pedro I foi um grande cantor de modinhas, o primeiro gênero da canção popular brasileira, acompanhado do pianoforte e da guitarra. Ele compôs o *Hino constitucional*, cantado pela primeira vez em 13 de maio de 1821, no Real Teatro São João, em homenagem ao aniversário de dom João VI. Até a Revolução Portuguesa de 1910, esse foi o hino nacional de Portugal, com o título de *Hino da carta* ou *Hino da Constituição*. São de sua autoria também o *Hino da maçonaria* e o *Hino da Independência*.

Nos festejos do sesquicentenário da Independência, em 1972, os ossos de dom Pedro I voltaram ao Brasil. Estão no Museu do Ipiranga, em São Paulo.

IMPERATRIZ LEOPOLDINA (1797-1826)

Nascida em Viena, em 22 de janeiro de 1797, o nome de batismo da primeira imperatriz brasileira era tão grande quanto o poder da casa imperial dos Habsburgo, à qual pertencia: Leopoldina Josefa Carolina Francisca Fernanda Beatriz de Habsburgo-Lorena. Ela ainda acrescentou por conta própria o prenome Maria, numa provável homenagem à casa de Bragança, família de dom Pedro I.

O casamento entre as casas reais era uma espécie de tratado de relações exteriores. O que interessava era que a união fosse vantajosa do ponto de vista dinástico, político e econômico para os dois países. Foi pensando em firmar uma boa aliança política que dom João VI resolveu casar seu herdeiro com uma arquiduquesa austríaca da casa dos Habsburgo, uma das famílias imperiais mais tradicionais, ricas e poderosas da Europa naquela época. Com isso, ele ligaria a casa de Bragança a uma das mais fortes monarquias europeias, passaria a integrar a Santa Aliança, e ainda se livraria da pressão da Inglaterra, que submetia Portugal a um humilhante monopólio econômico. Por seu lado, o imperador Francisco I, pai de Leopoldina, vislumbrava no casamento a possibilidade de pôr um pé no Novo Mundo, representado pelo Brasil e suas imensas e tentadoras riquezas.

Ela morreu aos 29 anos, em 11 de dezembro de 1826, no Rio de Janeiro.

A PROCLAMAÇÃO DA INDEPENDÊNCIA

Leopoldina ocupava a Regência do Brasil quando dom Pedro I fez sua famosa viagem à província de

São Paulo, em 1822, que culminou com a proclamação da Independência no dia 7 de setembro. Ela estava no comando do reino desde o dia 13 do mês anterior, oficialmente nomeada por decreto assinado pelo príncipe. Leopoldina convocou em sessão extraordinária o Conselho de Estado no dia 2 de setembro, no Paço da Boa Vista, no Rio de Janeiro, e determinou, com os ministros, a separação definitiva entre Brasil e Portugal. Ela tomou essa decisão depois de se indignar com as últimas deliberações do governo português, que, entre outras medidas, exigia a ida imediata do casal real para Lisboa e ameaçava dissolver o reino brasileiro com a instalação de juntas governamentais – portuguesas, claro – em todas as suas províncias.

Leopoldina e José Bonifácio mandaram dois mensageiros a São Paulo, levando tanto as notícias de Portugal como a decisão tomada pelo Conselho no Rio de Janeiro. Ao receber a correspondência, dom Pedro I percebeu que Portugal o rebaixava a mero delegado das Cortes, limitando sua ação às províncias onde já exercesse autoridade efetiva. As demais ficariam subordinadas diretamente ao Congresso português. Em sua carta, José Bonifácio comunicava-lhe outros dados revoltantes: além dos seiscentos soldados lusos já desembarcados

INDEPENDÊNCIA OU ZERO!

na Bahia, mais 7 mil estavam em treinamento para consolidar o domínio português no Norte do Brasil. Um ataque contra o governo da Regência completaria os planos portugueses.

Dom Pedro I contou as novidades aos que o acompanhavam e disse: "Eles o querem, terão a sua conta. As Cortes me perseguem, chamam-me com desprezo de rapazinho ou de brasileiro. Pois verão quanto vale o rapazinho. De hoje em diante estão quebradas as nossas relações. Nada mais quero do governo português e proclamo o Brasil para sempre separado de Portugal!".

No Palácio do Governo, em São Paulo, dom Pedro I rabiscou um molde da frase *"Independência ou morte"* e mandou providenciar um ourives para cunhá-la. Confiou o governo de São Paulo a uma junta e partiu para o Rio de Janeiro no dia 9. Na noite seguinte, quando entrou no Teatro São João em companhia de Leopoldina, a faixa verde com a divisa *"Independência ou morte"* em dourado destacava-se na manga do seu traje. Era o símbolo da emancipação.

Dom Pedro I e Leopoldina trataram de consolidar a independência lutando pelo reconhecimento dos dirigentes de outras nações, inclusive o pai dela, Francisco I, o poderoso imperador da Áustria e nada menos que líder da Santa Aliança, coligação criada pelos principais monarcas europeus com o objetivo declarado de combater os ideais liberais, sobretudo os propagados pela Revolução Francesa.

O Brasil pagou 2 milhões de libras a Portugal pela Independência. Dom Pedro I não pediu nenhuma possessão portuguesa – caso de Angola, na África, cuja elite quis fazer parte do Império do Brasil para facilitar o tráfico de escravos. Dom Pedro I disse não.

ÀS MARGENS DO IPIRANGA

O quadro *Independência ou morte*, de Pedro Américo (1843-1905), entrou para a história como o retrato do momento da Proclamação da Independência. Mas ele foi pintado apenas em 1888, em

Florença (Itália), sob encomenda da Corte. O artista, que nem era nascido em 1822, cometeu alguns exageros.

Dom Pedro I não estava viajando a cavalo. Para viagens longas, só se usava o bom e velho burro (ou mula, que é a fêmea). O grito não aconteceu às margens do riacho do Ipiranga, como sugere a letra do *Hino nacional*. O príncipe bradou seu célebre grito no alto da colina próxima ao riacho, onde sua tropa esperava que ele se aliviasse de um súbito mal-estar intestinal.

O quadro *Independência ou morte* mede 7,6 X 4,15 metros. Mas o maior quadro de Pedro Américo, também o maior do Brasil, é *Batalha do Avaí*, de 1874. A tela tem 66 metros quadrados e está em exibição no Museu Nacional de Belas Artes, no Rio de Janeiro. Ele levou 26 meses para concluir o trabalho.

O HINO DA INDEPENDÊNCIA

Ah, para terminar, é importante explicar que o nosso *Hino da Independência* não é aquele rap feito pelo Igor, não. Aquilo faz parte da ficção. O verdadeiro hino tem letra de Evaristo da Veiga e música, aí sim, de dom Pedro I.

Já podeis da Pátria filhos,
Ver contente a mãe gentil;
Já raiou a liberdade
No horizonte do Brasil. (bis)

(Estribilho)
Brava gente brasileira!
Longe vá temor servil
Ou ficar a Pátria livre,
Ou morrer pelo Brasil. (bis)

Os grilhões que nos forjava
Da perfídia astuto ardil,
Houve mão mais poderosa,
Zombou deles o Brasil. (bis)

(Estribilho)

Não temais ímpias falanges
Que apresentam face hostil;
Vossos peitos, vossos braços
São muralhas do Brasil. (bis)

(Estribilho)

Parabéns, ó brasileiros!
Já com garbo varonil,
Do universo entre as nações
Resplandece a do Brasil.

(Estribilho)

REFERÊNCIAS BIBLIOGRÁFICAS

Para escrever este livro, o autor leu e recomenda os seguintes livros:

GOMES, Laurentino. *1822*. Rio de Janeiro: Nova Fronteira, 2010.

_____; REZZUTTI, Paulo. *Domitila – A verdadeira história da marquesa de Santos*. São Paulo: Geração Editorial, 2013.

REZZUTTI, Paulo. *Dom Pedro – A história não contada*. São Paulo: Leya, 2015.

SANTOS, Eugénio dos. *D. Pedro – Imperador do Brasil e rei de Portugal*. São Paulo: Alameda Casa Editorial, 2015.

TORERO, José Roberto. *Galantes memórias e admiráveis aventuras do virtuoso conselheiro Gomes, o Chalaça*. São Paulo: Companhia das Letras, 1994.

LEIA TAMBÉM DO MESMO AUTOR
- O guia dos curiosos — Brasil
- Ouviram do Ipiranga — a história do Hino Nacional brasileiro
- Memórias póstumas do Burro da Independência